# Erzählungen

## Detlev von Liliencron

# Detlev von Liliencron

# Eine Sommerschlacht

Ziehe mich nicht ohne Grund; wenn du mich aber herauszischen läßt, dann stecke mich nicht eher wieder in die Scheide, bis ich Blut getrunken habe.

Alter Klingenspruch

Am Kamin, den Becher in der Hand, läßt sichs gut erzählen. Mein Freund plauderte:

Wenn ich in meiner Kinderzeit auf Jahrmärkten in Rundgemälde-Hallen geführt wurde, in denen Gefechtsansichten, in Brand geschossene Städte, brennende Brücken, ganze Schlachten abgebildet waren, konnte ich vor springender Erregung nicht einschlafen. Die Eindrücke hafteten so stark in mir, daß ich alles Andre darüber vergaß. Meine Eltern verhinderten aus diesem Grunde auf Jahre hinaus den Besuch solcher Schaustellungen.

Die Condottieri, der Räuberhauptmann, das Korsarenschiff, der Wilddieb, die Raubritter, der Strandlauerer, alles das hatte für meine glühende Knabenphantasie einen besonderen Reiz. Und wer weiß, was aus mir geworden wäre, hätte meine Mutter nicht unablässig abgelenkt und mich eingeführt in die Bücher der Geschichte. Die eben genannten ehrenwerten Herren mußten Platz machen, und Leonidas, Alexander, Cäsar, der große Kurfürst, Friedrich der Große, Napoleon, Blücher und wie sie hießen, traten an ihre Stelle. Ungezügelte Freude doch konnte ich nicht verhehlen, wenn ich von Dörnberg las, von Schill und Colomb. Ein Parteigänger zu werden, meinem Vaterlande, wenn es unter tausend Wunden stöhnen würde wie ein gebunden Tier, durch kühne Wagnisse Stützen zu geben, der Wunsch hat mich nie verlassen.

Ich wurde natürlich Soldat; und bin es leidenschaftlich bis heute. Besonders hat mir das Zigeunerleben in den Kriegen gefallen. Und ich wüßte auch nicht einen Tag, ja, nicht einen einzigen Tag, wenn wir im Felde standen, daß ich mich zurückgesehnt hätte zu Frieden und Ruhe. Der alte Knabenjubel an den Thaten der Condottieri und Landsknechtsführer war doch nicht ganz in mir verhallt.

Aber du wolltest von meiner Feuertaufe hören:

Ich war eben Offizier geworden. Wir lagen gegen Ende Juni 1866 in der schönen Provinz Schlesien seit etwa vierzehn Tagen auf einem Schlosse, das einem alten Edelfräulein gehörte. Mit vaterlandsliebendem Herzen trug sie die große Last der Einquartierung; mit gleicher Sorgfalt wachte sie, daß wir siebenundzwanzig Offiziere es so gut wie denkbar hatten, als auch, daß es jedem Füsilier, jedem Dragoner an dem nicht fehlen möchte, was ihnen nach anstrengendem Dienste das Leben auf ihrem Gute angenehm machen könnte. Sie war persönlich unermüdlich.

Eines Tages beim Mittagessen – die Regimentsmusik hatte eben im Garten den Hohenfriedeberger, den prächtigen Schlachtenzünder und Siegentflammer beendet – erhob sie sich und hielt folgenden Trinkspruch:

Meine Herren!

In jeder Minute erwarten wir den Krieg. Sie ziehen ihm entgegen. Den Segen Gottes flehe ich nicht auf Sie herab, denn der Herr verhüllt sein Antlitz mit dem breiten Ärmel, oder wohl besser: Er kann des kleinlichen Menschengezänkes nicht achten. Und wenn auch: Tausende in unsrer Heimat, Tausende des Feindes erbitten von ihm den Sieg. Wem denn soll sich Gott wenden?

(Eine kleine Pause entstand; ich bemerkte einen herben Zug an ihren Lippen. Wir Offiziere schauten ein wenig verwundert ins Glas; andere sahen sich stumm fragend an.)

Aber Stahl und Eisen wünsch ich in Ihre Arme gegossen. Möchten Sie Ihren Frauen und Kindern, möchten Sie allen denen, die Sie lieben, zurückkehren. Doch solls nicht sein, nun, meine Herren, dann sterben Sie den beneidenswertesten Tod, den Tod fürs Vaterland. Ihnen allen voran zieht der König. Begeistert werden Sie nach der Schlacht ihn umringen und ihm die teuern, tapfern Hände küssen. Das Vaterland sieht auf Sie!

Es lebe der König!

Sie stand wie eine Seherin. Dann hob sie das Sektglas und trank es aus mit einem Zuge. Lautlose Stille folgte, und schon wollten wir sie umdrängen, mit ihr anzustoßen; schon wollten wir, stehend, das alte, schöne Königs- und Vaterlandslied anstimmen, als eine der Flügeltüren aufgerissen wurde. Ein stark bestaubter Ulan trat ein, sah sich kurz im Kreise um und schritt dann lebhaft zum Divisionsgeneral. Vor ihm in strammer Haltung stehen bleibend, überreichte er mit der Rechten in schnellem Schwung ein großes versiegeltes Schreiben: »Eurer Exzellenz sofort eigenhändig abzugeben.« Der General, nach leichter Verbeugung zu seiner Nachbarin, unserer alten Wirtin, erbrach es. Schweigen des Todes. Dann sah er aus der Zuschrift auf und sagte: »Meine Herren, der Krieg ist erklärt.«

Und wieder geschahs, daß nicht sofort bei uns Offizieren der Jubel ausbrechen konnte. Die Nachricht, stündlich erwartet, war doch zu überwältigend.

Nur ein junger Dragonerleutnant, der vielleicht sein Champagnerglas etwas zu häufig hatte den Weg machen lassen zwischen Tisch und Zunge, rief laut: »Na, denn man druff wie Blücher!« Ein strenger Blick seines Regimentskommandeurs traf ihn; dann wandte dieser seine Augen ein wenig ängstlich auf den General. Doch die Exzellenz nahm das Wort lustig auf und wiederholte: »Ja, meine Herren, denn man druff wie Blücher!«

In hoher Erregung schlugen unsere Soldatenherzen.

Auf dem Hofe traf ich gleich darauf den alten Sergeanten Cziczan von meiner Kompagnie. »Nun, wissen Sie schon, der Krieg ist erklärt.« »Zu Befell, Herr Leitnant, ich freue mir.«

Dem alten Sergeanten Cziczan war ich sehr gewogen. Hatten jemals die altpreußische Treue, das altpreußische: »Über alles geht die Pflicht« eine Verkörperung in einem Menschen gefunden, so wars bei Cziczan. Mit zwei gewaltigen oberen Vorderzähnen – die anderen Beißer und Zermalmer fehlten ihm wohl schon – gezeichnet, machte sein Gesicht den ewigen Eindruck, als hätte er die Schwindsucht im höchsten Grade. Aber es gab keinen gesunderen, zäheren Mann als ihn.

Ich eilte zu meinen Leuten. Beim Eintritt in die Scheune sah ich zurück. Mein alter Sergeant las eifrig im »kleinen Waldersee«[1], den er in jeder Lebenslage mit sich führte. Und jedenfalls ruhte sein Auge in diesem Augenblick auf der Stelle:

Im Gefecht erprobt sich erst der echte Soldat; im Kugelregen und vor der Spitze feindlicher Bajonette muß es sich zeigen, ob er die erste und unentbehrlichste Eigenschaft des Kriegers, Mut und Unerschrockenheit, besitzt.

Schon nach einer Stunde waren wir auf dem Marsche an die Grenze. Es wollte zuerst keine rechte »Stimmung« aufkommen. Zu gewaltig in uns allen drängte sich der Gedanke: wir sind im Kriege. Aber dann, als der volle Mond unsern Helmen und Gewehren seinen beruhigenden

Glanz lieh, als wir auf den Bergen die Fanale brennen sahen, begann bald hier, bald dort ein leises Gespräch mit dem Nebenmann; bald hier, bald da, wie aus Träumen, wollte der Gesang anheben. Und endlich tönte eins der schwermütigen, wie mit finsterer Stirn gesungenen Lieder meiner Westfalen. Und dann, nun dann wechselten die alten, lieben, lustigen Soldatengesänge.

Vor der Kompagnie ritt schweigend unser Hauptmann. Alle, wir Offiziere nicht zum wenigsten, waren ihm schwärmerisch zugethan. Es gab kein schöneres Soldatengesicht. Wie ihm der dicke, lange Schnurrbart vom Winde an die gebräunten Backen geweht wurde, wie klug sein Auge schaute. Er sprach nicht viel; ein gleichmäßiger, darf ich sagen stillheiterer Ernst verließ ihn nie. Von der nackten Wirklichkeit des Seins tief durchdrungen, fand er seine Ruhe, sein Glück in strengster Pflichterfüllung, in rastlosem Sorgen für das Wohl seiner Mitmenschen und im besonderen seiner Kompagnie.

Und munter, nach dem ersten Rendezvous, marschierten wir in die Nacht hinein. Der Schritt kam uns heute schneller vor. War es das gute Fieber im Soldaten, vom Höchstkommandierenden bis zum Tambour, an den Feind zu kommen?

Ich unterhielt mich mit Cziczan. Wir schlossen die Kompagnie. Er wie ich sahen heut zum ersten Mal tausende von Leuchtkäferchen in den Gebüschen. Zu all dem Nachtglanz wollten die Tierchen nicht zurückbleiben.

Plötzlich wurde Halt befohlen. Die Kompagnieen marschierten auf. Wachen und Posten wurden ausgestellt. Feldwachen und Patrouillen gingen ins Vorland. Das Bataillon biwakierte. Holz und Stroh kam nicht heran. Wir lagen, von unseren Mänteln zugedeckt, in einem Walde. Es war warm. Einmal erwachte ich: ich sah, wie mein Hauptmann, an einen Baum gelehnt, in den Mond schaute. Seine Augen blickten schwermütig und traurig. Nie hatte ich ihn so gesehen. Bald sanken meine Lider wieder, um sich gegen Mitternacht noch einmal zu öffnen. Ich bemerkte, daß einer die Gewehrpyramiden umging. Der Posten schien es nicht zu sein. Es war Cziczan, der, den kleinen Waldersee in der Hand, leise fluchend, stille Wut im Gesicht, einige nicht ganz scharf ausgerichtete Gewehre ordnete. Zuweilen fiel der Mondschein auf die beiden blanken Vorderzähne. Bald schlief ich wieder fest ...

Früh am andern Morgen waren wir schon wieder unterwegs. Es wurde unerträglich heiß. Cziczan lief wie ein Schäferhund an den Seiten der Kompagnie, bald hier, bald dort. Unaufhörlich klang seine heisere, bellende, zischende Stimme: aufmunternd, scheltend, gute Worte, böse Worte gebend: wies kam. Und heiß und heißer ward es. Der Durst, dieser furchtbarste Feind des Soldaten, quälte uns. Wir sahen wie Schornsteinfeger aus. Durch die dicke Staubkruste auf unsern Gesichtern bahnte sich der Schweiß Furchen und Rinnen; dann tröpfelte er auf Schultern, Brust und Nacken. Die Kragen waren schon durchnäßt. Gewehr und Tornister drückten schwer. Gesang und Gespräch waren längst verstummt. Jeder stierte nur mit starren Augen auf die Fersen seines Vordermanns.

Einmal marschierten wir wie durch die Wüste Sahara, soviel Sand ringsum. Da rief plötzlich durch die Stille ein Berliner, der in meiner

Kompagnie diente: »Mir soll doch ejentlich verlangen, wenn det erste Kamel uns bejejent.« Alles lachte, um gleich wieder leise ächzend fortzumahlen.

Da blitzt uns ein Dorf entgegen. Kurzes Rendezvous. Einige Leute werden vorgeschickt, die Bauern mit Wasser an die Thüren zu stellen. Dann kommen wir nach. Im langsamen Vorwärtsziehen trinkt rechts und links die Kompagnie. Greise, Kinder, Männer, Weiber: alles steht mit Töpfen, Geschirren, Schüsseln, Eimern vor den Häusern. Wie sehr ist in uns Menschen der Selbsterhaltungstrieb rege. Das hab ich beim befriedigt werdenden Durst oft beobachtet. Jeder stürzt sich auf das nächste Wasser, reißt die Tasse, das Glas, den Kübel an sich. An den Lippen läuft, wie bei saufendem Vieh, wenn sie den Kopf aus dem Zuber heben, das Wasser hinab, auf Hals und Brust. Die Augen liegen stier, gierig, tierisch auf der kleinen Welle. Das Gesicht ist verzerrt.

Ah, wie hatte uns das wohl gethan.

Und wieder ging es weiter. Adjutanten und Ordonnanzen flogen bisweilen an uns vorbei nach vorn, oder kamen uns entgegen. Eine trabende Batterie überholte uns. Die Geschützrohre gaben jenen eigentümlichen, schütternden Klang. Ein kurzer Wechselgruß der Offiziere, und schon ist sie vor uns. Die Sektionen, die sich an den einen Wegrand gedrängt hatten während des Vorüberfahrens, ziehen sich wieder mehr auseinander. Die Pfeifen sind im Gang. Der säuerliche Geruch des Tabaks begleitet uns.

Endlich bogen wir in einen langen Hohlweg ein. Rechts und links drohen steile Felswände.

Es überkam mich ein etwas unheimliches Gefühl: wenn wir hier plötzlich von oben beschossen würden? »Was würden Sie thun, Cziczan, wenn von allen Seiten Schüsse auf uns fielen?« Der Sergeant will nach seinem Waldersee greifen, aber, wie beschämt, besinnt er sich eine Sekunde, läßt die Hand ruhen und antwortet: »Rechts und links um, in der Höhe, vorwärts, in der Höhe. Kuraschi, Leute, Kuraschi!« »Bravo! Cziczan, das wäre allerdings das einzig Richtige.«

Nachdem wir über eine halbe Stunde, immer im Paß, weitergezogen sind, sehen wir am Ausgange den kommandierenden General halten mit seinem Stabe. Er läßt Bataillon auf Bataillon, Batterie auf Batterie, Schwadron auf Schwadron an sich vorbeiziehen. Seine eisernen Augen bohren sich uns in die Eingeweide. Zuweilen macht sein Charakterkopf kurze, blitzartige Wendungen wie ein Vogelköpfchen. Streng und hart ist sein Gesicht. Ihm und dem neben ihm haltenden Chef des Stabes mochten die Herzen doch froher pochen: fast das ganze Armeekorps hatte den Paß durchzogen. Wir waren dem Feinde zuvorgekommen.

Nachdem ich, ich muß es gestehen: etwas scheu dem Kommandierenden vorüber bin, denk ich: der hält fest, der läßt nicht los. Cziczan, die beiden Vorderzähne in die Unterlippe gedrückt, ist stramm mit Augen rechts an der Exzellenz weitergerückt. »Der forcht sich nit, der spuckt dem Feinde auf den Hut,« fiel mirs ein, als ich dem braven Sergeanten, der denn doch nachher auch eine kleine Erleichterung verspürte, auf das Beißgesicht sah.

Gegen Abend machten wir Halt auf einer Bergkuppe. Die Aussicht ist herrlich. Und deutlich vor uns liegt Böhmen.

Und nun ein emsig Biwakleben. Stroh und Holz sind noch nicht eingetroffen; es lag in der Unmöglichkeit, uns so rasch folgen zu können. Wir müssen uns wieder mit den Mänteln begnügen. Ich wurde mit einer Abteilung abgesandt, Baumstämmchen und Äste aus dem nächsten Gehölz zu holen. Bald sind wir wieder zurück. Die Feuer knistern, brennen. Die Mannschaften bretzeln und kochen. Der Vollmond geht auf, die Sterne funkeln: eine köstliche Biwaknacht! Wir sitzen um die flammenden Holzstöße; ab und zu weht uns der Rauch in die Nase. Glühwein wird getrunken.

Wir Offiziere vom Bataillon treffen viel zusammen. Das Gespräch handelt nur von morgen: eine Schlacht steht sicher in Aussicht. Und nun: da jagt ein Adjutant heran, hier steigt einer zu Pferde; da kommt unser Brigadegeneral im Schritt geritten. Die Hünengestalt hält ab und zu bei den Feuern. Er läßt einige Offiziere zu sich bitten. Er erzählt uns, was er verraten darf. Unablässig gehen starke Patrouillen ins Vorland, an die Grenze, über die Grenze. Cziczan liest eifrig, nachdem er über eine Stunde stillwütig wieder die Gewehr-Pyramiden in haarscharfe Richtung gebracht hat, im Waldersee: es ist der Abschnitt über den Dienst in Lagern.

O du lustig Biwak! Mit deinem Brenzelgeruch, mit deinem Gesumm. Dorther klingt ferner Postenruf, hier wiehert ein Pferd; bald rauscht irgendwo ein leise gehaltener Zornausbruch eines Hauptmanns, der seine Unteroffiziere um sich versammelt hat. Dazwischen: Rufen einzelner Namen, »dritte Korporalschaft antreten«, »sind die Wasserhohler schon da?«, ein Gesang in der Ferne, plötzlich ein lautes Gelächter, hinter dem Rasenstück, wo man den Kopf zum Ruhen legte:

ein unendlich langes, leise geführtes Gespräch zweier Freunde aus demselben Dorf, und stiller ... stiller wird es, nur noch zuweilen ein Fluch, wenn ein Mann an den Beinen vom Feuer gezogen wird, der Posten stehen, Patrouille gehen soll ... Schnarchen ... Klirren und Zischen eines umstürzenden und ausfließenden Feldkessels. Und stiller ... still ...

Ich konnte nicht schlafen. Bald lag ich in den Furchen eines Kartoffelfeldes, bald über ihnen. Keine Lage gefiel. Der Tau sank stark herab; mich fror.

Ich erhob mich, wickelte mich fest in meinen Paletot und ging ans nächste Feuer. Im Kreise lagen die schnarchenden Mannschaften. Dicht am verglimmenden Holz, ab und zu ein frisches Scheit hineinwerfend, daß die Funken zum Himmel stoben, stand mein alter Sergeant Cziczan. Ich beobachtete ihn. Die rechte Hand, um sich zu wärmen, dem Feuer entgegenhaltend, hielt er in der Linken den Waldersee. Er las vor sich hin:

Unter Schleichpatrouillen versteht man diejenigen Patrouillen, welche von den Feldwachen auf weitere Entfernungen, d. h. bis auf etwa $1/8$ Meile, gegen den Feind vorgeschickt werden, um einen etwaigen Anmarsch desselben so früh als möglich zu entdecken, überhaupt aber, um Nachrichten über dessen Stellung und Bewegungen einzuziehen ...

»Cziczan,« unterbrach ich ihn. »Zu Befell, Herr Leitnant.« Er hatte meine Stimme sofort erkannt. »Wir werden morgen ins Feuer kommen.« »Zu Befell, Herr Leitnant.« »Ich bin froh, daß ich Sie in meinem Zuge habe.« »Zu Befell, Herr Leitnant.« Ich trat zu ihm. »Haben Sie daran gedacht, daß wir fallen können?« »Zu Befell, Herr Leitnant, nein.« »Nun, das ist gut, wir Soldaten haben auch darüber nicht viel nachzudenken.« »Zu Befell, Herr Leitnant!«

Da fiel ein Schuß, in nicht zu weiter Entfernung; der erste! Gleich darauf knatterten mehrere. Cziczans Augen leuchteten wie die Lichter eines Luchses, und stark durch die Nase gezogen klang ein lautes: Ha. Die ganze Kompagnie kannte dieses Nasen-Ha, das von ihm ausgestoßen wurde, wenn er stark erregt war.

Im Biwak entstand Bewegung wie in einem gestörten Ameisenhaufen. »An die Gewehre!« ... Ein Füsilier von einer Patrouille nahte in raschem Schritte, atemlos: »Wo ist der Herr Major? ... wo ist ...« »Hier!« rief ihm schon die tiefe Stimme des Bataillonskommandeurs entgegen.

Der Mann brachte uns die erste Kriegsmeldung.

Noch einmal wurden die Gewehre zusammengesetzt; es sollte, wenn noch angängig, der Kaffee gebraut werden. Erst wuschen wir uns in den Kochgeschirren, dann tranken wir aus denselben Behältern den stark mit Strohhalmen und Gras gemischten Mokka. Und er schmeckte uns nach der kalten Nacht vortrefflich.

Der Morgen war völlig angebrochen. Viele Füsiliere lagen noch an den alten Kochstellen und schrieben einige Worte an ihre Lieben daheim. Mancher zum letztenmal.

Dann hieß es: »An die Gewehre!« und »Aus der Mitte in Reihen« gings auf die Landstraße. Rechts und links des Weges lagen gelöschte Wachtfeuer, öde und unbehaglich. Wir marschierten ohne Gesang.

Um sieben Uhr überschritten wir mit donnerndem Hurra die Grenze. Wir waren in Feindesland. Hart hinter ihr lag ein erschossener Österreicher. Er war bis an die Haare mit seinem Mantel bedeckt.

Es war der erste Tote.

Dann durchzogen wir ein böhmisches Städtchen und machten ein kurzes Rendezvous im Korn. Ein eigentümlich Gefühl, in das reifende Weizenfeld zu treten. Aber kein Platz war sonst zu finden. Und jede Schonung hat aufgehört. Den Teufel auch, jetzt gilts. Du oder ich; mit äußerster Anspannung aller Kräfte. Das Friedensland mit seinen Satzungen und Gesetzen dämmert irgendwo weit, weiter hinter uns.

Und wieder vorwärts! Die Sonne brannte wie in Innerafrika. Ein sengend heißer Tag stand uns bevor.

Kaum waren wir drei bis vier Minuten im Marsch, als die Riesengestalt des Brigadegenerals auf seinem gelben flandrischen Hengste uns entgegenraste. Sein Adjutant konnte kaum folgen. Von fern schon schrie er: »Links um machen, die Österreicher sind da!« Und kurz vorm Bataillon brachte er mit mächtigem Ruck, sich tief im Sattel zurückbiegend, sein Pferd zum Stehen, um es augenblicklich wieder herumzureißen und, dem Gaul die Zinken einsetzend, in die Richtung gegen den Feind uns voran zu sprengen. Noch seh ich die fliegenden Quasten der Schärpe.

»Links um!« und wir steigen in »Kolonne nach der Mitte« die Anhöhe hinan. Der Schützenzug schwärmte aus. Schneidig ging er vor. Der Hauptmann ritt selbst mit. Ich führte das Soutien. Wir Offiziere zogen die Säbel (ich mit einem gewissen theatralischen Schwung) und ließen sie im gleißenden Sonnenlichte ihre Freude haben. Bald kam der Hauptmann zu uns zurück. Nichts war zu hören, nichts zu sehen.

Da ... b s s s s s s s s t – b u m ! die erste Granate.

Sie flog weit über unsere Köpfe fort. Aber wir alle, ohne Ausnahme, hatten eine tiefe Verbeugung gemacht. Selbst der Hauptmann schien einen Augenblick die Mähne seines Pferdes mit den Lippen berühren zu wollen. Die zweite Granate flog über uns weg. Die Verbeugung war schon weniger tief.

Der Hauptmann, die Faust mit dem Säbel auf die Gruppe seines Pferdes setzend, sah uns lächelnd an. Aus seinen Augen strömte eine solche Ruhe, daß wir wie auf dem Exerzierplatz vorgingen.

Nun knallten die ersten Gewehrschüsse. Bald hatten wir ein Wäldchen erreicht und breiteten uns hier am andern Rande hinter den Bäumen aus. Tak, tak, tak, sagte es, tak, tak, tak–tak–taktak–taktaktaktak–taktak–tak–taktaktak ... Wie in einem großen Telegraphen-Bureau hörte sichs an. Es waren die feindlichen Kugeln, die mit diesem Geräusch in die Stämme schlugen, hinter denen wir standen. Wir konnten nichts vom Feinde sehen.

Zum Kukuk, wo kommen die Schüsse her? Ah so, ja, ja! Von der Kirchhofsmauer uns gegenüber.

Da trifft die erste Kugel. Dicht neben mir sinkt einer meiner Füsiliere, mitten durch die Brust geschossen. Ich sehs vor mir: das Gewehr entfällt ihm, sein Mund öffnet sich weit, es ist wie ein krächzender Ton, die Augen werden ganz groß, dann bricht er, mit den Händen greifend, zusammen.

Und nun blieb mir wirklich nicht viel Zeit mehr, mich mit Toten und Verwundeten zu beschäftigen. Der Hauptmann rief mich, und wir sahen von einer dicken Buche aus mit unseren Krimstechern ins Gefecht. Das glänzte! Das blitzte, das funkelte! Ein weißes Regiment neben dem andern, vor und hinter einander, zog auf uns zu. Deutlich hörten wir hier, da, dort, rechts, links, fern, nah die Regimentsmusiken. Alle spielten den Radetzkimarsch.

Wir standen in der äußersten Avantgarde.

»Hier bleiben wir!« sagte der Hauptmann zu mir. »Zu Befehl, Herr Hauptmann,« antwortete ich ein wenig hastig. Er legt mir lächelnd die Hand auf die Schulter.

Plötzlich, in ausgreifendem Schritt, kommen zwei Pferde auf uns zu, zwischen uns und der Kirchhofsmauer. Der Brigadegeneral, mit einem Schuß durch den Unterleib, liegt in den Armen seines Adjutanten. Die feindlichen Jäger schießen wie toll auf die beiden. Aber sie kommen in unserem Wäldchen an. Der General, bewußtlos, wird weiter rückwärts getragen. Der kühne, schöne General. Vor einer Viertelstunde noch ein blendender Achill, strotzend vor Mut und Kampflust! und nun ein Häufchen Elend.

Der Feind kommt! Alle Wetter! Wir stehen ja ganz allein. Schon über eine Stunde halten wir das Wäldchen. Der Hauptmann geht mit einem Hornisten nach rechts, um sich die Lage anzusehen. Ich übernehme für den Augenblick das Kommando. Just krabbelts und kribbelts an der uns gegenüberliegenden Mauer herunter, und rechts und links von dieser brechen dicke Kolonnen auf uns ein. Ich ziehe im Laufschritt das Soutien an den Waldrand. Dann schrei ich mit der Fistel:

»Rechts und links marschiert aus! Marsch! Marsch!« Dann, langgezogen: »Schnellfeuer!«

Und die Hölle thut sich bei uns auf. Mit wundervollem Mut, mit prächtigem Vorwärts, weit die Offiziere voran, und wenn sie fallen, springen andre vor, so dringts her gegen uns. Aber der Feind kann nichts machen gegen unser Blitzfeuer. Er m u ß zurück. Verwundete schwanken auf uns zu.

Da kommt der Hauptmann wieder. Er drückt mir die Hand. Und ein Funkelfeuer wirft sein Auge in mein Herz. Ich weiß, was er will: »Auf!« schreit er, und vorwärts, glühend er voran, mit Marsch, Marsch auf den Feind. Wir sind an der Mauer. Hinaus! Hinab! Mann gegen Mann. Ein langer österreichischer Jäger hebt mich am Kragen hoch und will mich wie einen Hasen abfangen. Aber: »Ha!« faucht es neben mir durch die Nase, und Cziczan »flutscht« ihm das aufgepflanzte Seitengewehr durch die Rippen. Einen Augenblick schau ich mich um: der alte

Sergeant steht neben mir. »Ha!« schnaubt er durch die Nase. Seine Augen rollen. Er ist der Einzige, der auch in diesem Augenblick nicht einen Knopf, nicht den Kragen geöffnet hat.

Und Stoß auf Stoß und Schlag auf Schlag. Ein feindlicher Offizier zielt zwei Schritte vor mir auf mich mit seinem Revolver. Ich springe mit dem Degenknauf auf ihn zu. Bums! lieg ich. Aber es war nicht gefährlich. »Ha,« hör ich Cziczan, und der Offizier hat von ihm einen Schuß durch die Stirn. Ich bin schon wieder hoch. Meinen Hauptmann erblick ich, von drei, vier Jägern angegriffen. Den einen würgt er, gegen den zweiten, der wütend mit dem Kolben auf ihn einschlägt, hält er den Säbel hoch. »Cziczan, Cziczan,« ruf ich heiser, »Cziczan, Cziczan! Der Hauptmann, der Hauptmann!« »Ha!« und wir springen wie wilde Katzen auf den Raub. Das war hohe Zeit.

Auf dem Kirchhof siehts greulich aus. Der Feind, immer wieder unterstützt, wehrt sich verzweifelt. Auch wir haben Hilfe erhalten. Nach wie vor ist der Kirchhof umstritten.

Aus der offnen Thür der Kapelle quillt ein dicker schwarzer Qualm; er schlägt draußen nach oben zum Thurm. Dieser steht in Flammen.

Grausig siehts drinnen aus. Es wird gekämpft hier bis zum äußersten, fast um jeden Stuhl. Ein österreichischer Infanterist hat im Todesschmerz die halb herabgeschleuderte Madonna umfaßt. Er ist längst tot. Über und über sind er und das Muttergottesbild in Blut gebadet. Cziczan ist es gelungen, auf die Kanzel zu klettern. Von hier gibt er sicher Schuß auf Schuß in den Knäuel. Vom Altar sind Decke und Gefäße heruntergerissen; sie rollen hin und her zwischen den

Kämpfenden. Die Orgelpfeifen, der Erbarmer, die Fenster, alles ist durchlöchert von Kugeln. Vergebens suche ich in die brennende Kirche zu kommen; sie muß endlich unser werden. Da gelingts mir fast, aber schon bin ich im Strudel wieder draußen. Einer packt mich von hinten an der Schulter, eisern. Ich dreh den Kopf. Ein graubärtiger Stabsoffizier, mit blutunterlaufnen Augen, will mich herunterreißen. Ich nehme alle Kraft zusammen, zerre mich los und drück ihn auf ein kleines schiefes Kreuz. Er macht ein Gesicht wie eine scheußliche Maske ... Schindeln fliegen vom Dach. Und im Pulverdampf, im Dunst, im Qualm ist nichts, nichts mehr zu sehen.

Einer meiner Rekruten vom vorigen Winter ist immer neben mir geblieben. Jetzt seh ich ihn noch ... wo ... wo ... alles Rauch, Flammen, Schaum, Wut ... Da hör ich durch all den Lärm seine gellende Stimme: »Herr Leutnant, Herr Leutnant! ... Wo ... wo bist Du ... Mehrkens, Mehrkens, wo bist Du ...« Einer umklammert meine linke Hand, fest, schraubenartig. Ich beuge mich zu ihm. Es ist mein kleiner Rekrut, der mich hält. Ein Schuß von der Seite hat ihm beide Augen weggenommen. Aber schon lösen sich seine Hände. Die Finger lassen ab, werden starr, bleiben gekrümmt ... und er sinkt in den Blutsee.

Der Kirchhof ist unser! Hurra! Hurra!

Den Hauptmann treff ich auf der Mauer. Fast die ganze linke Seite seines Rockes fehlt. Das Hemd steht vorn auf. Seine breite Brust keucht in langen Zügen. Ich springe zu ihm hinauf. Sich mit der Rechten auf den Säbel stützend, ergreift er meine Hände mit der Linken. So stehen wir eine Minute, hoch auf der Mauer, schweigend. Und vor uns dampft es, und um uns, und überall. Funken, von der Kirche her, umtanzen uns wie goldene Mücken. Mein linker Fuß ruht auf dem Nacken eines beim Übersteigen der Mauer erschossenen und hängen gebliebnen Jägers. Und so stehen wir ... schweigend ... eine Minute ... und Sieg und Sonne glüht auf unseren Gesichtern.

»Noch kein Feierabend,« sagt er stilllächelnd, und mit: »Vorwärts! Vorwärts!« springt er hinab; ich mit ihm. Cziczan folgt; und alles hinter her, was noch Arme und Beine hat.

Und wieder weiter. Die Gewehrläufe sind zum Zerspringen heiß. Der Tambour schlägt unausgesetzt plum–bum, plum–bum, plum–bum, immer nach dem zusammenfallenden ersten Schlag der nachfolgende einzelne. Ich geh mit dem Hauptmann vor der Kompagnie. Plötzlich sehen wir im Feld einen Ziehbrunnen. Hin! Hin! Er ist umkränzt von Toten und Verwundeten; längst ist der Eimer verschwunden. Alles umzingelt ihn im Augenblick. Da schlägt (du Biest) eine Granate mitten in meine Leute. Sie reißt die halbe Einfassung mit; und einige kollern mit den Steinen in die Tiefe. Elf, zwölf Füsiliere hat sie erschlagen, die Eingeweide herausgehaspelt, Arme, Beine, Köpfe, große Fleischstücke hat sie sich geharkt.

Der Hauptmann läßt Avancieren blasen und ruft: »Nicht umsehen, nicht umsehen!« Der Tambour schlägt wieder: Plum–bum, plum–bum, plum–bum.

Vorwärts! Vorwärts!

Was ist das? Der Hauptmann steht. Den Säbel hält er steilhoch. »Formiert das Karree! Marsch! Marsch!« Und wir sind schon im Knäuel um ihn herum.

Zwei feindliche Kürassierregimenter hatten uns wahrscheinlich schon lange vom Versteck aus beschielt.

Schon setzen sie mit schmetternden Fanfaren an – da kommen die rettenden Engel.

Der erste rettende Engel (der auch als tüchtiger Reitergeneral geschielt hatte; mag es vielleicht der Künste schwerste sein, große Reitermassen im Gefecht richtig zu führen) war ein kleiner dicker preußischer General, der wie ein Gummiball heranprescht. Sein Säbel, den er wie eine Schleuder über sich schwingt, blitzt; sein gut gefärbtes rotes Wrangelbärtchen leuchtet wie zwei spitze Flämmchen. Ihm hinterher – die beiden nächsten Engel – in weiter Entfernung von einander in derselben Linie: ein Dragoner-und ein Ulanenoberst. Beide, mit breiter Auslage nach vorn, liegen auf den Hälsen ihrer Gäule. Und nun viele hundert Engel: eine Kavalleriebrigade, zusammengekeilt, wie der Donnerwind. Ratatata!

Der kleine dicke preußische General haut sich schon mit den feindlichen herum. Dann gabs einen Krach (zwei Lokomotiven in voller Fahrt brechen nicht so ineinander), und dann wars, als wenn sich tausend Ringel einer ungeheueren Schlange im Kreise drehen. Bald aber verhüllte der Staub alles ...

He ... he ... Ja, was denn ... was ist das ... Mein Gott, ja ... Ein einzelner feindlicher Kürassier rast auf uns ein. Sein Geschrei ist Gebrüll ... Es ist der Antichrist ... fünfzig, dreißig, zehn Schritte ... bei uns ... Kein Gewehr gegen ihn von uns hebt sich. Wir sind im Bann ... Jetzt ... Jetzt ... Die Nüstern seines Rappens sprühen Feuer ... Jetzt ...

und er haut mit einem Hieb, als holt er aus den Sternen aus zur Erde ... Er hat einen Füsilier in der Mitte des ersten Gliedes getroffen; er hat ihm den Helm, den Kopf, den Hals bis auf den Wirbel gespalten ... Nun erst erwachen wir ... Cziczan ist der erste ... Zwanzig, dreißig Läufe heben sich, und Roß und Reiter stürzen wie ein schlecht geratener Pudding in sich zusammen ...

Einige sprangen auf und schnallten dem tapferen Reiter den Pallasch los. An der Innenseite der Koppel steht: Kürassier Teufel, 1. Eskadron Regiment Graf S.

Die feindlichen Kürassiere sind geschlagen. Es hinkt und humpelt von der Reiterwalstatt zu uns her. Wir gehen ihnen entgegen, unterstützen sie, nehmen sie auf. Ah, sieh da, auch mein Freund Karl, der schmucke Ulanenoffizier ...

In der Garnison wird er von uns Kameraden Leutnant Schneiderschreck genannt, weil er es fertig gebracht haben soll, einen nicht gutsitzenden Rock achtzehnmal nach Berlin zurückzusenden, bis er saß. Er hat einundzwanzig Bürsten, Bürstchen und Bürstelchen, und liebt es sehr, sie an seinem Lockenkopf in Bewegung zu setzen ... Da kommt er nun her, etwas kläglich. Ulanka und Hosen sind durchaus in Fetzen; die Czapka ist gleich zum Teufel gegangen. Er hat (ein Reitergefecht ist nicht so gefährlich, wie es aussieht) nur flache Hiebe erhalten ... Ich geh ihm entgegen. Er blinzelt mich an. »Ein verfluchter Schweinhund hat mir mein Lorgnon von der Nase in den Dreck geworfen,« ist sein erstes Wort. »Aber Du hast doch deine Nase selbst noch.« Wir lachen; aber, weiß es Gott, es ist keine Zeit zum Lachen.

Ich liebe den guten Jungen sehr. Trotz seiner einundzwanzig Bürsten, Bürstchen und Bürstelchen hat er ein Goldherz; und frisch und klar sprudelt ihm Wort und Tat, und ohne Falsch.

Rechts auf seinen Säbel gestützt, links von einem Ulanen geführt, nähert sich uns vom Attackenfeld der Rittmeister Graf Glashand (heute: Graf Stahlfaust). Er ist schon ernstlicher zugerichtet als mein Freund Karl. Unausstehlich unangenehm ist er mir von jeher gewesen. Er gehört zu den sogenannten »Hochkirchlichen«. Ohne je eine innere Bewegung zu fühlen, ohne Verständnis und Herz für alles Leben, ist sein Urteil über seine Mitmenschen hart und streng und kalt. In seiner Haartracht und dessen Bearbeitung ist er ein Quäker im Gegensatz zu meinem Freunde Karl. Ich glaube, er stellt seinen Generalsuperintendenten höher als seinen kleinen dicken Brigadegeneral, der, mit verbundenem Nacken, auf einer Protze, die von einem Beutepferd gezogen wird (ein Schlachtfeld sieht schon nach einer Stunde wie ein buntest verstreuter Weihnachtstisch aus), uns entgegenfährt. Ich eile stürmisch vor, um den mir bekannten und von mir außerordentlich verehrten General zu begrüßen.

»Herr General erlauben mir meinen und unser aller Dank aussprechen zu dürfen für die wundervolle Rettungsattacke.«


»Äh, was,« antwortet der Gummiball, der aber in diesem Augenblick recht fest auf dem Protzkasten klebt, »äh, was,« und er dreht sich das eine Flämmchen seines Wrangelbärtchens in die Höhe, »heit hat jeder seine Schuldigkeit gethan ... Diese unverschämten

Limmel scheinen keinen preißschen Jeneral zu kennen ... Hau ich mich da, was das Zeig hält, herum mit dem feindlichen Jeneral, schlägt mir so'n Hundsfott von Kürassier in'n Nacken, daß mir der Helm wackelt. Ich schrei den Kerl an: Kennt er denn keinen preißschen Jeneral ... Aber der beigt sich zu mir ...« Der kleine dicke Herr wird plötzlich ohnmächtig. Rechts zu ihm setzt sich Graf Glashand, links mein Freund Karl; und so fährt der schneidige General, dem ich mein für ihn entzücktes Herz mitgebe, inmitten von Pharisäer und Weltkind, auf den Verbandsplatz.

Grade bringt ein Adjutant auf einem Husarenpferde, dessen Schabracke nach der einen Seite hängt, dem Hauptmann den Befehl, daß die Kompagnie halten und, indem er auf eine Mulde zeigt, sich mit dem Regiment vereinigen soll – als eine letzte, weit herkommende, matte Kugel dem alten Cziczan ins Herz schlägt; sie hat just noch so viel Kraft, daß sie ihn auf der Stelle tötet. Und Cziczan ist den Heldentod gestorben. Wir haben keine Zeit, ihn zu begraben. Morgen früh kommt er mit den übrigen (schichtweise werden sie gelegt) ins Massengrab. Ich schiebe ihm unter den Rock, auf das dunkelblaue Fleckchen, wo die Kugel eingedrungen ist, seinen Waldersee. Vorher hab ich eine neben mir stehende Taglichtnelke gepflückt (die weiße Blume war allerliebst mit roten Bluttüpfelchen gesprenkelt), und lege sie auf die Stelle:


Mit kühner Todesverachtung stürze der Soldat sich dem Feind entgegen, und erreicht ihn eine feindliche Kugel, so falle er mit dem erhebenden Bewußtsein, daß es kein schöneres Ende für ihn gibt, als ein ruhmvoller Tod für König und Vaterland. –

Und Bataillon auf Bataillon, noch frisch, marschiert bei uns vorüber nach vorn; Verfolgungsbatterien rasseln in die Ferne. Wir aber ziehen uns der Mulde zu, um uns dort mit dem Regiment zu vereinigen.

Welch ein Wiedersehen! Welches Wiederfinden! Welches schmerzvolle Vermissen!

Die alten, heiligen Fahnen meines Regiments hat die Siegesgöttin geküßt. Auf ihren Lorbeerhainen hat sie uns Kränze gebracht. Den Verwundeten fächeln ihre Flügel Kühlung, den Gefallenen zeigt sie mit goldener Hand lächelnd Walhalla.

Kein schönrer Tod ist in der Welt,

Als wer vorm Feind erschlagen,

Auf grüner Heid, im freien Feld,

Darf nicht hörn groß Wehklagen.

Im engen Bett nur Einr allein

Muß an den Todesreihen:

Hier findet er Gesellschaft fein,

Falln mit wie Kräuter im Maien.

Und die Nacht sinkt. Tod und Schlaf, die Brüder, sind bald nicht auseinander zu kennen; so ruhts auf dem Schlachtfelde.

Wir Offiziere sitzen um ein Feuer. Und einer nach dem andern von uns schließt auf der Stelle, wo er sitzt, liegt, die Augen. Mein treuer Bursche hat irgendwo eine Pferdedecke für mich erobert; er wickelt mich sorgfältig hinein wie ein Kind.

Noch hör ich, wie mein in den Kreis tretender Hauptmann sagt: »Der König ist bei der Armee eingetroffen,« und mein letztes Wort ist, ehe ich in festen, traumlosen Schlaf falle:

»Der König! Der König!«

# Fußnoten

1 Ein vorzügliches Instruktionsbuch für die Unteroffiziere und Mannschaften.

# Detlev von Liliencron

## Unter flatternden Fahnen

Seit den ersten Morgenstunden waren wir auf den Geschützdonner losmarschiert. Und noch immer – unsre Uhren und besser noch die furchtbare Hitze zeigten uns den Mittag an – noch immer zog das Armeekorps in ganz grader Linie wie ein riesenlanger Wurm weiter und weiter. Der Kommandeur wußte die Richtung. Nicht ebenmäßig, wie auf geebneten Bahnen, gingen wir vorwärts. Die vordersten der Kolonne hatten mit den sich ihnen entgegenlegenden Ähren viel zu schaffen. Von der Nacht noch durchnäßt, zogen sich diese um die Beine, verwickelten sie wie mit Draht, und waren so ein äußerst ermüdendes Hindernis. Wir nächstfolgenden trotteten auf den niedergetretnen ganz gut; ab und zu aber saugte sich auch um unsere Füße noch ein rachsüchtiger Halm. Unerträglich wurde die Sonnenglut. Kaffee, Schnaps, Wasser, Speck, Wurst und was sonst der treue Brotbeutel bergen mochte, war dahin, dahin. Der Durst peinigte uns über alle Maßen. Schon hatten wir, was wir noch an Tabak und Zigarren vorgefunden (und es wurden die letzten Winkel der Taschen durchsucht), zum Kauen auf die Zunge und in die Backen geschoben, um dadurch einigermaßen wenigstens den Speichelfluß zu erhalten. Da stießen wir auf den ersten zu durchwatenden Bach. Wir folgenden sahen allerdings nur einen breiartigen Tümpel, aber mit stürzenden Helmen beugten wir uns hinab – Wasser, Wasser. Immer im Marschieren bleibend, füllten wir unsre Flaschen, so gut und schnell es ging.

Oft wurde, durch irgend einen Umstand, vorn ein kurzer Halt befohlen. Dann stockte Alles. Die nächsten stießen ihre Nasen an den Tornistern der Vordermänner. Dann wieder: Ohne Tritt! Marsch! und die letzten mußten Dauerlauf machen. Wie das anstrengend war! Aber Kopf in die Höh! In die Schlacht, in die Schlacht!

Adjutanten, Gendarmerieoffiziere, Ordonnanzen, Generalstäbler kamen uns entgegen, um Munitionskolonnen, Ärzte, fliegende Lazarette heranzuholen. Immer schrieen wir ihnen zu, wie es vorn stünde. Die Mehrzahl von ihnen nahm sich keine Zeit zum Antworten. Sie rasten wie eine gradeaus fliegende Hummel vorüber. Nur einer von ihnen, ein Trainoffizier, wandte sich zu uns und rief: »Gut! Gut!« Aber bei der Wendung des Kopfes und im scharfen Anhalten seines Pferdes verlor er den Helm, suchte ihn zu erhaschen – aber da lag er schon im Dreck. Eine riesige Glatze wurde sichtbar. Unter schallendem Gelächter und allerlei nicht zu zarten Witzen ritt der Offizier erzürnt seinen Weg weiter.

Schon lange, mich ein wenig seitwärts losmachend aus meinem Bataillon, hatte ich – wir zogen hügelaufwärts – bemerkt, wie von der Kuppe des Berges das Corps nach und nach wie in einem Kessel verschwand.

Auf der Höhe angelangt, hieß es: Halt! Gewehr ab! – und mit offnem Munde, mit weit geöffneten Augen, erblickte ich an diesem Tage zum ersten Mal das Chaos der Schlacht. Es war ein unbeschreiblich großartiger Anblick. Wie das wogte und hin- und herschob. Der Pulverdampf lagerte nicht schwer, so daß wir deutlich die einzelnen Batterien unterscheiden konnten, hüben und drüben. Rauch und Flammen, oft wie dicke schwarze und gelbe Türme, zornten zum Himmel auf.

Einer meiner Kameraden, an mich herantretend, deutete auf unsre drei roten Husarenregimenter und meinte, – das Wort ist bekannt geworden – sie schwämmen wie drei rote Erdbeeren zwischen den dunklen Massen.

Plötzlich klang überall das sich überhastende Kommando: die Fahnen entrollen! und in der nächsten Sekunde flatterten die heiligen Adler über uns im erquicklichsten Winde, der seit kurzem unsre Gesichter kühlte. Und zugleich ertönte – die Musik sollte hier zurückbleiben – der Hohenfriedeberger Marsch. Auch dem nüchternsten Rechenmeister stößt er seine Feuergarben ins tiefste Herz! Unter seinen Klängen, mit schwenkenden Helmen und kreisenden Säbeln, Hoch! Hoch! der König! stiegen wir jauchzend hinab in den Höllenschlund.

Zunächst rückte mein Bataillon noch, des hemmenden Platzes wegen, in rechts abmarschierter Sektionskolonne vor, um sich gleich darauf in Kompagnie-Kolonnen zu verwandeln.

Die ersten Toten! Die ersten Verwundeten! Einer von den Verwundeten lag auf dem Rücken und streckte flehend die Arme nach uns aus. Ich sprang rasch vor und hielt ihm meine mit Lehmwasser gefüllte Flasche an die Lippen. Er riß sie wütend mit den Händen an sich und trank so hastig, daß ihm die Flüssigkeit über Hals und Rock lief. Da ihn der Schuß in den Unterleib getroffen hatte, kam das Wasser schnell wieder zurück.

Bei einem einzeln stehenden Hause ziehen wir vorbei, in dessen Vorgarten ein schneeweißer Greis, die Lehnen umkrampfend, in einem

Großvaterstuhl sitzt. Sein Kopf ist vorgebeugt. Er stiert uns mit wuterfüllten Augen an. Ihm zur rechten Seite steht ein junges Mädchen. Ihr schönes, blasses, von schwarzen Haaren umrahmtes Gesicht haßt uns finster in die Augen! Keiner von uns wagt, ihr ein Wort zuzurufen.

Unser Bataillonsadjutant jagt auf mich zu. Ich setze meinem Gaul die Zinken ein und presche ihm entgegen. »Die dritte Kompagnie« (diese führte ich) »soll jenen Höhenzug besetzen ... Dort wo das Kreuz zwischen den beiden Linden steht!« Schön ... Dritte Kompagnie halbrechts! Marsch!

Ich war allein. Allein in der großen Schlacht. Wer weiß es, ob ich an diesem Tage noch weitere Befehle erhalten werde? Ob ich stelbständig handeln muß? Ein stolzes Gefühl überrieselt mich.

Neben mir, rechts und links, gehen mein Oberleutnant Behrens und mein Leutnant Kühne. Beide sind ausgezeichnete Offiziere, Behrens außerdem einer meiner engeren Freunde. Wenn er sich nur seine schnodderigen Redensarten abgewöhnen möchte. Tollkühn, waghalsig, stößig wie ein verwilderter Hirsch, ist er der Gegensatz zu dem kleinen zierlichen Kühne. So etwas von Ruhe, Überlegung im kritischsten Augenblick wie bei diesem ist mir im Leben noch nicht vorgekommen. Kühne hatte auch, wenn wir andern schon lange nichts mehr zu essen und zu trinken hatten, immer noch irgend eine Eß- und Trinkgelegenheit. Wo immer er sie beherbergte und hervorholte, ist mir ein Rätsel geblieben.

Wir waren auf der Höhe angekommen und hatten uns, Zug neben Zug, eingenistet. Ich konnte mir wohl denken, daß wir hier eine Aufnahmestellung bilden sollten, wenn etwa ... selbst der weitere Gedanke blieb mir im Halse stecken.

Neben mir, etwa zweihundert Schritte entfernt, hatte die vierte Kompagnie Position genommen. Ihr sehr langer, schmaler Hauptmann, der den ihm bis auf die Hacken reichenden Regenrock angezogen hatte, stand, auf seinen Degen gestützt, wie eine Statue, auf einer kleinen Erderhebung, allein, weit vor seiner Truppe. Wie sonderbar, daß mir bei seinem Anblick Dante vorschwebte. Seine Silhouette zeichnete sich klar gegen den nun mit Wolken überzognen Himmel ab.

Meine Leutnants und ich, platt auf dem Leibe liegend, dicht nebeneinander, vor meiner Kompagnie, sahen eifrig durch unsre Krimstecher in das wogende Gemenge vor uns. Kein Vorteil, auf beiden Seiten, schien bisher erreicht. Leutnant Behrens meinte: »Es ist ein Skandal, daß wir die Kerls noch nicht auf die Hühneraugen treten können.« »Noch ist der Abend nicht gekommen,« erwiderte ich. Leutnant Kühne, der sich auf kurze Zeit in die Kompagnie entfernt hatte, kam zu mir zurück und überreichte uns auf einem zierlichen Teebrettchen zwei Gläser Madeira und zwei Kaviar-Semmelchen. »Ich kann den Wein wirklich empfehlen, von Schneekloth aus Kiel,« sagte mit großer Ruhe mein Leutnant. »Aber, um des Himmels willen, wie kommen Sie jetzt zu diesen schönen Sachen, lieber Kühne, und noch dazu das allerliebste Tablettchen und die Gläser.«

»Ich kann den Wein wirklich empfehlen,« erwiderte mit unerschütterlicher Ruhe mein Leutnant.

Kaum hatten wir den letzten Schluck durch die Kehle gegossen, als ein durchdringender, klirrender Knall uns alle nach rechts sehen ließ. Eine dicke Staubwolke wirbelte kerzengrade in die Höhe, wo eben noch der lange Hauptmann gestanden hatte. Er lag zersetzt am Boden. Behrens rief, sich auf die Schenkel klopfend, aus der »Schönen Helena«: »Jetzt gehts los! Jetzt gehts los!«

Nicht gerade allzu taktvoll in diesem Augenblick.

Ich sah mich um, ob nicht Befehle für mich unterwegs seien. Kein Adjutant kam heran. Mein auseinander gezognes Bataillon schien in Bewegung nach vorwärts stoßen zu wollen. Ich kommandierte daher: »Auf! Das Gewehr über! Ohne Tritt! Marsch!« Und nun rückten wir wirklich ins Gefecht ein. Schon nach wenigen Minuten kam uns ein Gefangenentransport entgegen. Unter diesen sahen wir die ersten Turcos. Mein schleswig-holsteinischer Bursche rief aus dem Zuge: »Kiek, dat sünd vun de swatten Kakaleikers, de de Katten up de Schullern drägn.«

Die Toten und Verwundeten mehrten sich in steigender Weise. Herrenlose Pferde jagten umher. Zwei junge Pudel spielten miteinander, als wären sie in ihres Herrn Garten. Ein Marketenderwagen kam uns langsam entgegen gefahren. Der Besitzer schielte scheu und gierig nach den Gefallenen und Verwundeten. Nun waren wir »mitten drin.« Meine drei Züge, in Plänklerlinien aufgelöst, gingen nebeneinander her. Mehr und mehr Geschrei, Fluchen, einschlagende Chassepots, Kommandos, springende Granaten vor uns, mitten unter uns, hinter uns. Schon führe ich Mannschaften von andern Kompagnien, die, abgekommen, sich mir anschließen. Selbst Leute fremder Regimenter mischen sich mit den meinigen.

Der Höchstkommandierende reitet in ruhigem Galopp hinter meinen Zügen vorbei. Will er zum linken Flügel? Ist etwas nicht in Ordnung? Seine Augen schienen finster, herbe, streng. Die zahlreiche Begleiwng galoppiert, jeder für sich, weit ein jeder von dem andern: Sie ist die Zielscheibe der feindlichen Batterien. Adjutanten sprengen zuweilen an den General heran, der ihnen, immer im selben ruhigen Galopp bleibend, Befehle gibt, mit der Hand hierhin, dorthin weisend. Sie stoßen wie ein Boot vom Hauptschiff ab, um dann bald zu verschwinden in der gewaltig aufgeregten See.

Ich kann kaum etwas mehr sehen. Behrens und Kühne sind noch vor ihren Zügen. Die Gesichter meiner herrlichen Kompagnie erkenne ich: Schweiß, Schwärze, Blut, Staub, aus diesem Farbenmischmasch heraus glühende Siegeswunschaugen. Ich bin jetzt gänzlich auf mich allein angewiesen. Die Sonne sendet schon schräge Strahlen. Noch immer höre ich keine Vorwärtssignale, keine Trommel. Und doch ist Alles, Alles, die ganze Armee in unaufhaltsamem Vorrücken. Soll ich blasen lassen? Soll ich trommeln lassen? Ich habe dazu keinen Befehl. Ich wende mich zu meinem Hornisten: »Weber, Avancieren blasen!« Und das knöcherne, reizlose Signal ertönt. Ertönt und ertönt immer wieder in derselben grandiosen Nüchternheit. Aber es zieht die todmüdesten Beine selbst vorwärts. Und die Trommler schlagen an, und immer weiter sich fortsetzend höre ich die Vorstoßsignale.

Ein hurtiger Wind, der sich plötzlich wieder aufgemacht hat, schenkt uns gute Übersicht. Ich sehe zu meinem Erstaunen, daß ich ganz vorne bin. Meilenweit mit mir, rechts und links, ist Alles eine einzige Schützenlinie. Vor mir ragt auf einem Geländebuckel ein kleines Dorf. Ein rasendes Feuer wird von dort auf mich gerichtet. O, du böser Wind! Als ich mich nach rückwärts umschaue, sehe ich, in ziemlicher Entfernung, die großen Massen der Reserven heranrücken. Aus diesen blitzten in der Abendsonne plötzlich zwei reitende Batterien heraus. Sie rasen zu mir her, was das Riemzeug hält. Bei mir angekommen, protzen sie hinter meiner Schützenlinie ab und beginnen, über unsre Köpfe weg, das vorliegende Dorf, mein Ziel, mit Schnellfeuer zu übergießen. Zur selben Zeit auch löste sich ein Dragonerregiment ab und trabte in derselben Richtung wie die Batterien auf mich zu. Bald war der Oberst dieser Truppe, nur von einem Trompeter begleitet, bei mir vorüber. Deutsch trabend, klapklapklapklap, in immer gleichmäßiger Gangart, sich vornüber beugend, konnte ich nur auf Sekunden sein Gesicht erkennen. Es war ein alter Herr, der den Mund weit offen hielt (der Unterkiefer war in fortwährender wackelnder Bewegung). Aber unter starken, ergrauten Brauen funkelten ein Paar energische Augen. Nun kam auch sein Regiment heran, in immer gleichmäßigem Trabe. Wegen des weichen Bodens hörten wir nicht die Hufe. Auch schien alles Geräusch, das sonst einem in Fluß geratnen Reiterregiment anhaftet, erstorben zu sein: kein Janken der Sättel, kein Klirren und Rasseln; ja selbst die Kommandos und Signale schwiegen. Der alte Oberst mit dem Fledermausgesicht regierte einzig und allein sein Regiment mit dem linken Handschuh. Und nun diese ewigen Schwenkungen und

Bewegungen dieser Truppe um uns, vor uns, hinter uns. Wie oft fauchte der alte Oberst bei mir vorbei, immer im gleichen Trabe bleibend. Er suchte augenscheinlich eine Stelle, um seine Dragoner zum Angriff zu führen. Mir fiel aus Faust ein: Es war eine Ratt im Kellerloch ... als hätt sie Lieb im Leibe. So suchte er nach allen Ecken und Kanten zum Einbruch zu gelangen. Alle diese lautlosen Bewegungen des Regiments hatten etwas unsäglich Unheimliches. Einmal trat Behrens zu mir und sagte, während wieder der Regimentskommandeur vorbei hastete: »Was will denn der eijentlich? Das ist ja wie der fliegende Holländer.« Über den »Fliegenden Holländer« lachten wir beide laut auf.

Indessen war ich, immer sprungweise vorgehend, an den Hügel hin gekommen. Jetzt galt es, das von den Granaten in Brand geschossene und erschütterte Dorf mit stürmender Hand zu nehmen. Bei meiner Kompagnie war die Fahne des Bataillons geblieben. Ihr Träger, ein schwarzbärtiger großer Sergeant, ließ sie hoch im Winde flattern. Da traf der erste Schuß die Fahnenstange, daß sie mitten durchbrach. Zugleich auch hatte ihr Träger die Erde küssen müssen. Sofort sprang Leutnant Kühne vor und riß das heilige Zeichen wieder empor. Ich hörte deutlich ihr Flattern durch all den Lärm. Eine Kugel löste mir die linke Hosennaht auf, ohne mich zu verwunden.

Sturm! Stöße! Trommel und Hörner! Mann gegen Mann! Noch immer flattert in Kühnes Händen unsere Fahne. Da wird er umringt. Aber wir reißen ihn wieder heraus. Hoch, hoch flattert die Fahne. Das Blut macht die Erde glitscherig! Und Blut, Blut, Mordgeheul, Rauch,

Flammen, herunterstürzende Dächer, Einzelkampf, in Türen, Fenstern und Zimmern.

– – – – – – – – – – – – – – – – – – – – – – – – – – – – –

Das Dorf ist unser. Noch keucht uns die Brust. Wir lehnen todermattet an Garteneinfriedigungen oder wo es sich immer trifft. Die Reserven sind herangekommen.

Leutnant Kühne steht vor mir mit dem zierlichen Tablettchen: »Herrn Hauptmann vielleicht ein Brötchen mit Toulouser Entenleberpastete gefällig? Vielleicht ein Gläschen Kirvan? Beides von Borchardt ... Kann versichern ...« Ich wäre beinahe mit der Wiege, auf der ich eingeknickt lag, zusammengebrochen vor Verwunderung, Kühne in diesem Augenblick mit solchem Frühstück vor mir zu sehen ...

Und dann wieder mit den Reserven vorwärts ...

(Die Insel)

Das letzte Teilchen der Sonnenscheibe, zwischen schwefelgelben Abendwölkchen, war eben verschwunden. Der ganze Abend leuchtete dunkelrot im Abglanz der brennenden Dörfer. Auch schien er das Blut der Erschlagnen zu spiegeln.

Der Feind war auf allen Enden zur Flucht getrieben.

Ich hatte mich nach dem Aufbruch aus dem eroberten Dorfe bald wieder mit meiner Kompagnie allein gefunden. Schien es doch an diesem Tage, als wenn jeder für sich, einer für alle, alle für einen gekämpft hatte.

Als die Dunkelheit eintreten wollte, gelang es mir noch kaum, einen inselartigen Erlenbruch, der rings von einer Sandwüste umgeben war, zu erreichen. Hier lag schon Alles durcheinander. Und mancher traf hier noch im Laufe des Abends und der Nacht ein. Die Ahnung, daß hier Wasser in Hülle und Fülle zu haben sei, hatte die Annäherung instinktmäßig bewirkt.

»Gewehr ab. Setzt die Gewehre zusammen,« und jeder fiel da auf die Erde, wo er stand. Ich selbst legte meinen Kopf auf das eine Ende einer gefällten und schon abgeschälten Birke. Ich konnte nicht sofort einschlafen. Die Aufregung war zu groß gewesen. Allmählich begann es sich überall zu rühren. Kleine Koch- und Wärmfeuer beleuchteten hier und da im Busch die Stämmchen der Erlen und die sie umstehenden und umsetzenden Mannschaften. Am andern Ende meiner Birke merkte ich am Rütteln meines Kopfes, daß die Leute an dieser Stelle ihre Kaffeebohnen mit Steinen zerkleinerten. Klar, im letzten verblassenden Abendlicht, schien die abnehmende Sichel des Mondes durch das Wäldchen. Obgleich ich die Augen geschlossen hatte, konnte ich, wohl wegen der großen Erregung, nicht einschlafen. Im Halbtraum hörte ich, wie sich Pferdegetrappel mir näherte und bei mir anhielt. Durch meine halbgeöffneten Lider erblickte ich auf einem großen, langgestreckten, starkknochigen Gaul einen alten General. Sein weißer, zerzauster Schnurrbart bedeckte die Lippen ganz. In seiner Begleitung war ein Generalstabsoffizier. Zu diesem sagte er: »Weiter, lieber Ernesti, kommen wir heute doch nicht. Die Nacht ist hereingebrochen. Wir werden wohl oder übel hier kampieren müssen.« Darauf stiegen die Herren ab. Der General nahm das rechte Vorderbein seines Pferdes in die Höhe und untersuchte den Huf. Dann rief er: »Wanzleben!« Eine Stimme antwortete: »Exzellenz?« und zugleich erschien ein Husar. »Sorgen Sie zuerst dafür, Wanzleben, daß die Pferde Wasser bekommen.« Der starkknochige Gaul des Generals, die Mähne hebend, die Lefzen wie gähnend auseinanderreißend, schnubberte, als wenn er die Worte seines Herrn verstanden hätte. Nun wurden die Satteltaschen abgeschnallt, die Mäntel ausgebreitet. Darauf legten die beiden ihre Köpfe neben mich auf die Birke. Ich war dermaßen ermattet, daß ich nicht aufgesprungen war. Das Klopfen der Steine am andern Ende ging seinen Weg. Auch der General und Ernesti schienen nichts zu spüren. Als diese eben eingeschlafen waren, wieherte hell, auf mich zukommend, wieder ein Pferd und hielt gleichfalls in unmittelbarer Nähe bei mir an. Es war ein außerordentlich starker Ulanenoffizier, der etwas Eunuchenhaftes hatte. Der Mond beschien ihn hell. Sein rundes Gesicht war bartlos, und seine dicken, um den Sattel gepreßten Beine glichen zwei vollgestopften Kornsäcken. »Jesses Jesses,« rief er, »schläft denn hier schon die ganze Gesellschaft.« Und ein so unendlich gemütliches, helles Lachen ertönte von ihm, daß ich meinen ersten Groll, den ich bei seinem Erscheinen gefühlt hatte, verscheuchte. Vollends jetzt wach geworden, stand ich auf und begrüßte ihn. Nachdem wir uns bekannt gemacht hatten, stieg er ab und legte sich, nachdem ich ihm von der Anwesenheit des Generals gesagt hatte, ruhig neben uns.

Meine Kerls kamen, einer nach dem andern, zu mir, um mir in ihren Kochgeschirrdeckeln Kaffee anzubieten. Ich konnte noch nicht einschlafen. Um mich herum beroch ein kleiner langhaariger, schwarzer Pinscher, der einem Teufelchen glich, jeden von uns. Er lahmte auf dem linken Hinterbeinchen, und ich bemerkte an dieser Stelle getrockneten Staub mit Blut vermischt. Dann war er verschwunden. Nun fiel ich in einen unruhigen Schlaf und träumte das wirrste Zeug. Als ich erwachte, es mochte Mitternacht sein, hörte ich außerordentlich stark in meiner Nähe schnarchen. Zugleich sah ich Behrens, der sich irgendwo gebettet haben mochte, um uns herum schleichen; er beugte sich zu jedem, hinab, um den Täter zu entdecken. Beim General hatte er gefunden, was er suchte, und diesen, im Schatten der Bäume nicht erkennend, rüttelnd, sagte er: »Aber das geht wirklich nicht mehr an, Herr Kamerad.« Der alte Herr erhob sich etwas schlaftrunken und sagte traumverwirrt: »Ich habe doch befohlen, daß die dritte Division bei Petit St. Arnold ... Ah so« (etwas erregt), »was ist, was ist.« Er erhob sich bei diesen Worten ganz in die Höhe, so daß die breiten roten Streifen seiner Hose durch einen Mondenstrahl hell beleuchtet wurden. Oberleutnant Behrens sah nun sofort, wen er vor sich hatte; doch ohne die Geistesgegenwart zu verlieren, sagte er: »Ah verzeihen, Exzellenz, ich glaubte schießen ... schießen ...«

»Ach was,« antwortete ein wenig grob die Exzellenz, »schießen, schießen ... hier wird jetzt geschlafen ... legen Sie sich nur wieder aufs

Ohr, mein junger Herr Kamerad, und seien Sie nicht so erregt. Und wenn Sie sich nun wieder niederstrecken, so bitte ich Sie, Ihr Schnarchen von vorhin einzudämmen. Das kann ich auf den Tod nicht ertragen.« Behrens schlich sich etwas beschämt wieder von dannen.

Was war das? Klang nicht ein leises Wimmern und Stöhnen zu mir her? Ich stand auf und suchte die Stelle im Gehölz, von woher die Klagetöne mein Ohr trafen. Ich hatte sie bald gefunden. Ein Jäger vom 41. Bataillon lag dort schwer verwundet. Ich bog mich zu ihm nieder und gab ihm aus meiner Feldflasche zu trinken. Mit leiser Stimme, so daß ich mein Ohr an seinen Mund neigte, lispelte er: »Meine alte Mutter – wird sich freuen – beim Abschied – sagte sie – liebe Dein Vaterland bis in den Tod.« Und leiser werdend: »Marie – soll – meine Uhr –«. Er lehnte sich in meinen linken Arm zurück. Seine Hände umfaßten meine Rechte. Sein letzter Hauch: »Mutter, Mutter – daß Du bei mir bist.« Noch lag er wohl zehn Minuten in meinem Arme. Ich rührte mich nicht. Und dann war er hinüber ...

Als ich weiter wollte, fand ich dicht neben ihm einen Offizier von demselben Bataillon. Er lag platt auf dem Gesicht, die Arme ausbreitend. Die linke Hand hatte sich in Moos eingekrampft, die rechte umklammerte eisern den Säbelgriff. Neben seinem Kopfe saß der kleine schwarze Pinscher und leckte ihm das linke Ohr. Er hatte seinen Herrn gefunden. Als ich mich näherte, fiel mir das Hündchen beißend in die Stiefelabsätze. Aber ich mußte wissen, ob nicht noch Hilfe retten konnte, und drehte deshalb, ohne mich an das Köterchen und seine Angriffe zu kehren, den Körper um. Ein unendlich junges

Gesicht, schon erkaltet, zeigte sich mir. Zwischen den gebrochenen Augen sah ich einen kleinen Streifen der dunkelbraunen Pupille.

Der Morgen war angebrochen, und eine Schwarzdrossel flötete unbekümmert ihre treuherzige Melodie.

Auf meinen Platz zurückgekehrt fand ich hier Alles schon in reger Bewegung. Alle gönnten sich bei der reichlichen Wasserfülle das Labsal einer Waschung. Der dicke Ulanenoffizier hatte sich bis auf die Hüften entblößt und ließ sich aus Kochgeschirren begießen. Von der feisten, fetten Brust tropfte es ab wie bei einer Ente. Dabei lachte er unaufhörlich in äußerst gemütlicher Weise.

Leutnant Kühne erschien bei mir. In der Hand führte er das Teebrettchen: »Herrn Hauptmann vielleicht ein Gläschen Cantenac gefällig? Ein Brötchen mit Hamburger Rinderzunge gefällig? von Borchardt, kann wirklich empfehlen.« Ich winkte mit den Augen, daß er zum General gehen möge. »Euer Exzellenz vielleicht ein Gläschen Cantenac gefällig? Ein Brötchen mit Hamburger Rinderzunge vielleicht? Alles von Borchardt. Kann wirklich empfehlen ...« »Sind Sie denn besessen, Pardon, Herr Leutnant? ja Borchardt Borchardt ... nun denn, wir sind alle Menschen. Ich nehme es dankend an.« Und dabei den Kopf ein wenig nach hinten beugend, setzte er das Gläschen an den Mund, so daß wir die Muskeln und Adern des langen hagern Halses sehen konnten.

Bald war Alles auf der Suche nach seinem Truppenteil. Schon nach einer Stunde hatte ich mein Regiment gefunden. Die Fahne, die ich an einem Erlenaste befestigt hatte für den zerschossenen Schaft, hochschwingend, trafen wir uns. Dann zogen wir weiter, hitzig dem Feinde nach.